# TABLEAU
## DE
# L'AVOCAT,

## DIVISÉ EN SIX CHAPITRES,

### *QUI TRAITENT*

## DE L'ESPRIT, DE L'ÉTUDE,
## DE LA SCIENCE,
## DE L'ÉLOQUENCE, DE L'AIR,
## DE LA MÉMOIRE,
## DE LA PRONONCIATION,
## DU GESTE ET DE LA VOIX.

Par M. TIMOTHÉE-FRANÇOIS THIBAULT, *Avocat*
*en la Cour Souveraine de Lorraine & Barrois, Banquier-*
*Expéditionnaire en celle de Rome.*

## A NANCY,

Chez PIERRE ANTOINE, Imprimeur-Libraire, vis-à-vis
l'Eglise des RR. PP. Jésuites du Collége.

## M. DCC XXXXVII.

# AVANT PROPOS.

**S**I les maximes que je donne ne font pas du goût de
mon Lecteur, elles fervi-
ront au moins à l'exercer à une
critique, qui ne produira qu'un
grand avantage, puifqu'elle le fera réfléchir à des chofes aufquelles
ils n'auroit peut-être point penfé.
Si au contraire il en trouve affez
dans le plan que je propofe pour
former un Avocat parfait, il tra-
vaillera à le devenir, ou n'entrera
pas dans une carriere qu'il recon-
noîtra trop difficile à fournir, &
par là j'aurai fait un autre bien.

# AVANT PROPOS.

Je ne prétens pas avoir imaginé des préceptes tout à fait nouveaux ; *Demosthene* , *Ciceron* , *Quintilien* , le Pere *Rapin* Jesuite , & plusieurs autres ont traité de l'éloquence du Bareau. Le Pere *Lucas* , *le Faucheur* , le Pere *Sanlec* Chanoine Régulier, ont aussi composé sur le geste & l'action. Un Anonyme, Avocat au Parlement de Paris, a encore fait imprimer en 1711. une Instruction pour la jeune Milice du Barreau. Le Pere *Gaischies* de l'Oratoire, a pareillement donné en dernier lieu des maximes sçavantes sur le ministere de la Chaire , dont quelqu'unes se rapportent assez au Ministere de l'Avocat ; mais les instructions de ces Maîtres de l'Eloquence sont trop répanduës pour qu'on puiſſe en tirer autant de profit que dans un petit corps d'ouvrage qui raſſemblera les plus eſſentielles. D'un autre côté le Barreau moderne ne ſympathiſe pas abſolument avec l'ancien. Ainſi tirant de l'un & de l'autre ce qui peut avoir plus de relation avec le goût preſent, j'ai penſé que mon travail ne demeureroit pas ſans fruit ſi je parvenois à mettre ſous les yeux des Avocats leurs obligations principales. Je m'attens bien qu'on traitera de témérité la liberté de preſcrire des régles que je n'ai pas ſuivies exactement : mais duſſai-je être comparé au Corbeau famélique qui apportoit à Elie du pain dont il ne ſe nourriſſoit pas lui-même, je me ſçaurai toujours gré d'avoir entrepris d'être utile à mes Confreres. *Interea conatus est in laude, eventus in causa.*

---

# PERMISSION

*De Monsieur le Procureur Général.*

J'Ai lû cet Ouvrage, qui m'a paru bien écrit, le plan en est méthodique, les expressions en font concises, nettes, & sententieuses, les pensées justes, les regles exactes, & toutes les instructions propres à former un parfait Avocat ; ainsi son impression ne fera pas moins utile au Barreau, qu'agréable au Public, & avantageuse à la réputation de l'Auteur. Fait à Nancy le 13. Juin 1737.

DE BOURCIER DE MONTUREUX.

# TABLEAU
## DE
# L'AVOCAT.

## CHAPITRE PREMIER.

### *Du Ministere en général.*

### I.

L'AVOCAT est le premier Juge des differends qui troublent l'harmonie de la société. De son avis dépend presque toujours la ruine ou la

fortune des familles. Combien
n'est-il pas nécessaire qu'il ait la
probité & la capacité qui puissent
détourner un si grand mal, &
procurer un si grand bien?

## I I.

La probité sans la capacité est
infructueuse au Public, la capacité sans la probité est quelquefois plus dangereuse qu'utile;
mais la probité a cet avantage
qu'elle inspire le desir d'apprendre, & qu'elle en remontre la
nécessité.

## I I I.

La Religion seule peut conduire l'Avocat dans les voies de
la Justice. La probité payenne
n'a qu'un faux extérieur. C'est
une belle écorce qui couvre une

branche vermouluë, dont il fort quatre mauvais fruits pour un bon.

## I V.

L'acquifition d'une bonne réputation doit être le premier foin de l'Avocat. Elle eft autant utile au Client, qu'honorable au Dé-fenfeur. Souvent même elle emporte fur les efprits ce que beaucoup d'éloquence fans elle ne pourroit obtenir.

## V.

Les vûës d'acquérir ne fe concilient point avec le défintereffement qu'il faut pour détourner du Procès un Plaideur téméraire. L'appetit du gain prévient volontiers en faveur de l'injuftice. Quelle honte d'établir fa fortune

fur les miſerables reſtes de celle
dont la défenſe nous eſt confiée !

## V I.

Il eſt juſte que qui livre ſon
repos, ſa ſanté, ſon ſçavoir à
l'intérêt public, vive commodé-
ment aux dépens du Public. Toute
peine mérite ſa récompenſe : mais
chez l'Avocat elle doit moins
être l'objet que la ſuite de ſon
travail.

## V I I.

Quelque favorable que ſoit
un avis, ſi l'aigreur l'accompa-
gne, le Client en eſt mal ſatiſ-
fait ; en le condamnant on dou-
ble ſa peine. Un caractere doux
& patient inſinue la perſuaſion
& adoucit l'amertume que produit toujours le Procès. Il n'eſt

pas de chagrin plus cuisant que de n'oser produire ses raisons, ou d'être certain qu'elles seront mal reçûës. Quelle indignation n'exciteroit pas un Medecin fâcheux, qui loin de consoler son malade, le querelleroit en le condamnant à mort?

## VIII.

Pénible Profession que celle de l'Avocat! L'élégance, la solidité, l'ordre doivent régner dans ses Ecrits. Outre ces parties, la mémoire, l'élocution, le geste, l'air, la contenance, tout ce qui doit charmer les yeux les plus perçans, & les oreilles les plus délicates, lui est nécessaire dans l'action publique.

## I X.

Se jetter dans cette Profession sans la connoître, c'est s'abuser le premier ; on y vit miserable ou méprisé : l'honneur n'est point dans le titre, mais dans le digne exercice du Ministere. Quiconque a le titre sans remplir ce qu'il annonce, en est l'usurpateur & non pas le propriétaire.

## X.

D'un génie médiocre qui réussiroit dans un Art méchanique, l'ambition fait quelquefois un Avocat : quelle folie de vouloir être à charge à soi-même & au Public, tandis qu'en consultant ses forces & sa portée, on auroit pû se rendre estimable & se faire

honorer dans une autre condi-
tion !

## X I.

Les plus habiles Avocats croyent manquer de lumiere jusqu'au dernier moment de la vie, les plus ignorans s'en tiennent à leur seul discernement. Pourquoi ceux-ci sçavent-ils tout sans avoir rien appris ? C'est que la vanité qui toujours est leur appanage, produit en eux la honte d'avouer leur insuffisance.

## X I I.

Les talens ne sont pas départis également à tous les hommes, mais ceux qui en ont moins peuvent les perfectionner à force de travail. Si l'art n'est pas capable de vaincre une nature ingrate, il sert au moins à donner une juste connoissance de soi-même. C'est être doublement ignorant, dit un Poëte, que de ne rien sçavoir, & de ne sçavoir pas qu'on ne sçait rien.

## XIII.

A mesure qu'on avance dans l'étude des Coutumes, des Ordonnances, & de la Jurisprudence, on sent combien on est éloigné d'en être instruit à fond. L'Avocat peut être comparé à un marin qui voit toujours de nouveaux orisons aussi éloignez que ceux qu'il a laissés derriere soi. Quelles méditations, quel travail n'éxige donc pas une Profession si étenduë?

## XIV.

Un siécle est trop court pour s'instruire de la moitié des matieres, mais une étude réfléchie des plus familieres, dispose le jugement à traiter & à décider les plus arduës. Sans cet attrait consolant, il y auroit de l'aveuglement à embrasser un Art qu'on seroit certain de ne posseder qu'à demi après bien des sueurs & des veilles.

## XV.

Ce seroit être injuste que d'éxiger de la force & de la maturité dans un jeune Avocat, puisqu'il n'y a qu'une longue expérience & un heureux génie qui puissent atteindre à la solidité ; on est louable quand les commencemens don-

nent à enttevoir des progrès.
C'eſt à la vieilleſſe de diriger la
jeuneſſe, & à celle-ci de profiter
avec modeſtie & avec reconnoiſſance des inſtructions qu'on veut
bien lui faire.

## X V I.

Pluſieurs Avocats ſe rebuttent
des termes inuſitez du Barreau;
leur dégoût n'eſt point excuſa-
ble : ſi chaque Art a ſes mots
propres, pourquoi l'Avocat ſe-
roit-il affranchi dans le ſien des
difficultez qui ſont communes à
toutes les Profeſſions.

CHAP.

# CHAPITRE II.
## *De l'Esprit.*

### I.

LA fureur des hommes, & particulierement des Eleves du Barreau, est de paroître douez de beaucoup d'esprit : cependant il en est peu qui acquierent le bon esprit, parce que la plûpart croyent qu'il est né avec eux. Funeste présomption qui les éloigne toujours plus de ce qu'ils se flattent de posseder !

### I I.

On nomme volontiers esprit ce qui n'en est tout au plus qu'une

foible lueur. Les faillies, les ré-
parties vives de l'Avocat ne font
pas le fondement de fa Caufe.
Elles fervent même à diftraire
l'attention, & il eft bien difficile
qu'un ouvrage qu'on a plûtôt
compofé pour foi que pour fon
Client, foit exactement folide.

### I I I.

Les ornemens répandus à propos dans un difcours public ne
font cependant point fuperflus. Ils
réveillent quelquefois l'attention,
ou la foutiennent, de même qu'un
ftile fec & pefant la rebute ou la
fait fouffrir ; mais il faut fe mettre en garde contre fon efprit
quand il prefente trop de fleurs.
Elles ne doivent être femées qu'a-
vec épargne, & toujours fur le

fujet qu'on traite. Un Voyageur pafferoit à jufte titre pour un infenfé s'il s'amufoit à cueillir fans ceffe des fleurs hors de fon chemin, au lieu d'aller droit à fon gîte.

## I V.

De quelqu'efprit qu'on foit partagé, il eft moins ridicule de le cacher, que de le faire trop paroître. C'eft un teint de lys & de rofes qui fe perd quand il eft expofé au grand jour. On aime de trouver de l'efprit par tout, mais on ne le fupporte pas long-tems quand il fe montre avec affectation.

## V.

L'efprit fuperficiel admire volontiers ce qui le réjouït. Le véritable esprit aime le jugement, la force, la solidité dans les ouvrages, parce qu'il s'attache plus à ce qui le persuade qu'à ce qui lui plaît. Si l'on faisoit usage de cette distinction au Barreau, on y abrégeroit bien la composition.

## V I.

Une imagination féconde en traits hardis, surprend & concilie la bienveillance de l'Auditeur; mais si ces traits ne sont point analogues au sujet, ou si le fond du sujet perd par-là de ses preuves, il en est de l'enchantement dans lequel on a tenu les esprits, comme de l'étonnement qu'ont causé les sauts & les bondissemens d'un ballon; après avoir prome-

né les yeux jufqu'où il s'eft élevé, on eft comme honteux de
voir, quand il eft tombé, que
ce ne foit qu'une boule enflée
par le vent.

## V I I.

Si le jugement étoit d'accord
avec l'efprit, leurs opérations fe-
roient parfaites ; par quelle fata-
lité y a-t-il eu de tout tems entre-
eux une fi grande antipathie ? Le
grand nombre des Partifans de ce
qui fe nomme efprit, font peu
de cas du jugement, parce qu'ils
en manquent eux-mêmes : ceux
qui ont le jugement en partage,
fe flattent toujours d'avoir infi-
niment d'efprit, quoique fouvent
ils n'en ayent pas affez pour faire
connoître leur jugement. Une

méditation férieufe fur la vraie valeur de fes talens, termineroit aifément ce divorce ; mais l'amour propre eft plus fort que toutes les réfléxions.

## V I I I.

Dans la concurrence, le juge-ment eft préférable à l'efprit le plus orné, puifque celui-ci in-duit le Juge en erreur, tandis que celui-là le conduit par une route applanie & fans détours à la dé-couverte de la vérité. Pourquoi donc le jugement n'a-t-il pas tant de fuffrages que l'efprit ? La rai-fon le dicte d'abord. Le juge-ment renferme des qualitez auf-quelles peu de gens ont droit d'af-pirer. L'efprit au contraire étant à la portée du plus grand nombre, il n'est pas surprenant que quoiqu'il soit le plus foible, il fasse fortune au préjudice du plus fort.

## I X.

Un esprit juste ne laisse jamais échapper un bon mot qu'il n'ait réfléchi auparavant au lieu, au tems, à l'humeur, à l'état, au tempérament, à la figure même de ceux pour ou contre qui il parle. La prudence doit être un des premiers attributs de l'Avocat. Sans elle il est sujet à mille écarts. Il attire souvent l'indignation des Juges sur son Client & sur soi-même, tandis qu'il auroit pû gagner leur bienveillance.

## X.

L'esprit d'injures est un petit

esprit. Nulle raison même de re-
presailles ne sçauroit les autori-
ser. Plus elles sont finement ma-
niées, plus elles ont d'autorité sur
ceux qui les écoutent ; mais en
ne les relevant pas pour les détruire, le venin en est beaucoup
moins mortel. La discution ne
sert qu'à les accréditer. Si ce sont
des grossiertez, c'est foiblesse que
d'y paroître sensible, & manquer
de dignité que de s'amuser à les
refuter.

## X I.

Le véritable zéle ne passe point
les bornes du devoir, qui ne
consiste qu'à persuader le Juge :
la modestie gagne plûtôt les
cœurs que l'ostentation. Si celle
-ci éblouit & surprend les sots,
celle-là releve le prix des choses,

& les établit facilement dans l'esprit des plus sensez.

## X I I.

Il y a des affaires publiques où le meilleur droit & les raisons les plus solides sont forcées de céder à l'opinion, ou plûtôt à la prévention du vulgaire ; mais un Avocat ne doit jamais s'en allarmer. La prudence est de ne point heurter le Public, & de tâcher de le ranger de son côté par la voie des remontrances & de la modération. Prendre un parti violent, ce seroit le rendre inéxorable.

## X I I I.

Chaque esprit a ses propriétez differentes. Le succès dépend du choix des matieres. L'Orateur facré a l'avantage de les prendre telles qu'il veut ; l'Avocat eft obligé de les recevoir telles qu'elles fe préfentent : mais quand on ne fe fent pas affez de force pour porter le fardeau d'une Caufe d'apparat, on doit ou s'en abftenir, ou emprunter les lumieres de plus habiles que foi. Si cette foumiffion répugne à l'amour propre, le bon efprit s'en fait gloire.

## X I V.

Tant que l'efprit n'eft point dans fa maturité, il eft fujet à des chutes. Les Aiglons ne volent pas fi haut que les Aigles; cependant un mauvais fuccès ne doit point affliger : on n'eft jamais fi bien inftruit que quand on a été obligé de fe corriger.

La crainte d'échouer une seconde fois produit communément de bons ouvrages. La confiance endort & conduit quelquefois au précipice.

## X V.

L'indulgence exceſſive & la critique trop severe ſont également perniciueſes. L'une confirme l'eſprit dans ſes erreurs, l'autre révolte plus qu'elle n'éclaire. Il eſt un juſte milieu pour relever les fautes les plus apparentes ſans les faire trop ſentir. Un certain tour d'eſprit adoucit les leçons les plus mortifiantes. Pourquoi n'en agit-on pas ainſi au Barreau? C'eſt qu'au lieu de l'émulation, la jalouſie tient ordinairement la premiere place entre gens de même profeſſion.

Que n'a-t-on toujours devant les yeux la définition qu'un Auteur moderne a donnée de ce défaut.

„ L'envie, dit-il, est un vice sans
„ plaisir, qui fait le supplice de
„ ceux qui le cachent, l'affront
„ de ceux qui le produisent, le
„ lustre de ceux qu'il persecute,
„ & la honte de l'envieux.

# CHAPITRE III.
## De l'Etude.

### I.

QUelqu'admirable que soit l'homme animé de sa seule raison, il se rend peu digne du principe d'où il la tient quand il n'en fait pas usage. Est-ce en user que de la laisser languir dans l'oisiveté? Si les charmes de l'Etude ne sont pas assez puissans pour l'éveiller, quels progrès un Avocat peut-il esperer de faire quand il n'a que le secours de ses lumieres naturelles?

### II.

Il est des gens qui par nature

ont affez de bon fens pour s'attacher à la fubftance des chofes;
c'eft le jugement qui a dicté les
Loix : mais que le nombre de
ces efprits eft petit ! Le plus fûr
eft d'acquérir. Si on a des talens,
on les augmente, on les perfe-
ctionne, on fe dépouille enfin
des paffions qui peuvent les ter-
nir.

## I I I.

Parcourir la terre, fendre les
airs, & le fein des mers, affifter
aux fiéges & aux combats des plus
grands Conquérans, converfer
avec les plus célébres perfonna-
ges de l'antiquité, vivre avec les
plus beaux génies de notre fiécle,
fçavoir les mœurs & les caracteres
de chaque Nation, apprendre les
évenemens les plus rares & les plus

furprenans , découvrir l'origine & la fondation des Empires, leurs progrès, leurs décadences, les révolutions de tous les Royaumes & de tous les Etats du monde, fe rendre capable d'être l'arbitre de ce qui trouble la fociété, de rétablir l'ordre là où régne la diffention, étudier l'homme, s'étudier foi-même , développer les fecrets de la nature, percer jufques dans les Cieux pour en connoître l'Auteur , tout cela fans fortir de fon Cabinet ! Peut-il être des attraits plus vifs pour infpirer l'amour de l'Etude.

## I V.

Les charmes de l'Etude ne font pas feulement dans l'Etude même. Elle calme les foucis, elle adoucit les difgraces, elle rend l'homme fupérieur à l'homme. Ce qui femble avoir échappé au moment qui fuit la lecture, ne tarde pas à revenir. On met tout à profit fans fçavoir comment. L'efprit, le jugement, la mémoire ne font qu'une même opération dans le travail.

## V.

Quelque peine que caufe la contention d'efprit dans l'Etude, elle eft toujours inférieure au plaifir d'avoir acquis des connoiffances qu'on n'avoit pas. Le Laboureur ne fe fouvient plus à la récolte des fueurs qu'elle lui a coutées. Il fe félicite d'avoir concouru avec l'Auteur de la nature à la production des fruits qui doivent

vent le nourrir; la nourriture de l'esprit a des suavitez beaucoup plus grandes.

## V I.

La lecture des Livres de Pratique paroit d'abord ingrate. Comme les termes en sont peu familiers, la mémoire y souffre, l'esprit ne s'y éleve point; il est cependant essentiel à tout Avocat de les ouvrir. Ils jettent les fondemens de la profession, & disposent les jeunes gens à l'intelligence des affaires. L'esprit de discernement vient ensuite.

## V I I.

Lire avec attention, réflêchir sur sa lecture, en faire un recuëil exact & concis, c'est la maniere la plus sûre de ne point étudier infructueusement. Toute autre étude ne donne que des connoisſances imparfaites, & ſujettes à ſe perdre avec la même vîteſſe qu'on les a acquiſes.

## V I I I.

L'amour qu'on a pour la diverſité fait ordinairement manquer de perséverance. On entame pluſieurs lectures, on n'en finit aucune; cependant ſans l'ordre & la continuité, point de profit. Pluſieurs lectures commencées ſont comme de belles décorations qui reſtent au milieu des couliſſes. Les matieres qu'on a luës font confuſion, la mémoire ne les retient point, l'eſprit en eſt plûtôt obſcurci qu'éclairé.

## IX.

Quelqu'avantageuſe que ſoit la lecture, elle peut être très-nuiſible. Les Romans dont on prend plaiſir à nous accabler, en fourniſſent la preuve. Le vice qu'on y dépeint ſous les couleurs de la vertu, le rare, le merveilleux qui forme la conduite d'une intrigue, accoutume l'eſprit à de grands riens, & l'éloigne de la nature & de la vérité ; de là ces diſcours guindez & amenez de ſi loin, qu'on ignore ſouvent la cauſe qu'un Avocat a plaidée.

## X.

Les Arrêtiſtes & une infinité d'Auteurs en Juriſprudence ont écrit des avantures ſi étranges &

des évenemens si singuliers, que
la lecture devroit en être plus
amusante que celle des plus beaux
Romans. Pourquoi préfere-t-on
ceux-ci à ceux-là? La bienséance,
l'honnêteté, la vérité, l'utilité
devroient-elles céder à l'impo-
sture & au mensonge habillez
avec art?

## X I.

La difficulté d'apprendre tirée
d'une mémoire ingrate, est un
prétexte & non pas une raison
pour ne point étudier. Le vrai
desir de s'instruire sçait surmon-
ter tous les obstacles. Il est honteux d'avoir des passions pour
les bagatelles, & d'être tout de
glace pour l'essentiel.

## XII.

On aime les occasions de paroître, on s'impatiente même de ce qu'elles ne se présentent point assez vîte, & l'on ne fait rien de ce qui peut les amener. L'Etude qui devroit précéder, ne marche ordinairement qu'à la suite des affaires, & souvent n'en est que la compagne. A-t-on raison de se plaindre de la disette des Causes, quand on a négligé d'en mériter?

## XIII.

L'Etude tient l'imagination dans un ravissement continuel, où l'on voit les années s'écouler sans qu'on s'en soit apperçu : mais comme l'ame ne se produit que par les organes, on doit les

menager pour les difpofer à prêter toujours leurs fecours à l'efprit & à la mémoire. Un travail
forcé n'a ni le même feu, ni la
méme folidité qu'un ouvrage
fait à diverfes reprifes. Il ne faut
rien précipiter ; la contrainte tou-
che à la liberté du ftile, & par
conféquent au corps des penfées.

# CHAPITRE IV.
## De la Science.

### I.

LA Science d'un Avocat ne reçoit point de bornes. Sa profession s'étend fur toutes les conditions. L'Eccléfiaftique, le Guerrier, l'Homme de Robe, le Financier, tous les Arts enfemble lui fournissent journellement des matieres. Comme il feroit prefque néceffaire pour les conduire avec exactitude qu'il eût passé par tous ces états, combien ne doit-il pas s'appliquer à la connoissance des élemens & des termes confacrez à chaque Art?

## I I.

L'ufage du Barreau juftifie qu'avant que de fçavoir parler, on fe donne volontiers pour Orateur. La Grammaire qui faifoit la principale occupation des Grecs & des Latins, eft regardée aujourd'hui comme une efpece de pédantifme. On néglige d'étudier fa propre Langue, il femble qu'on veüille la répudier. Par là les raifons les plus folides deviennent fouvent inintelligibles, & fe perdent dans les ténébres du barbarifme.

## I I I.

Quelque cas qu'on doive faire des expreffions choifies, c'eft un défaut ridicule que de s'attacher

plus aux termes qu'aux choſes.
Les grands mots ſont dépla-
cez auſſi dans les petits ſujets.
La proportion n'eſt pas moins
une régle dans la compoſition,
que dans l'Architecture.

## I V.

Quoique peu de perſonnes
poſſedent l'Analogie, tout le
monde ſe mêle de vouloir enri-
chir la Langue Françoiſe. Cha-
cun forge aujourd'hui des mots
factices ſelon ſes idées bien ou
mal arrangées,& prétend les faire
recevoir. Si un puriſte décidé
doit trembler d'en produire, il
faut avoüer que les illuſions de
l'amour propre ſont bien fortes chez celui qui n'ayant point
une certaine réputation ſe croit

en droit d'innover & de commander au Public.

## V.

Les Loix, les Coutumes, les Edits, les Ordonnances, les Conciles, les Canons, les Constitutions particulieres des Papes, l'Histoire Ecclésiastique & Civile sont les premieres semences que l'Avocat doit jetter dans son esprit pour acquérir la science du Barreau. A cette étude succedera la conciliation des Antinomies, la résolution des ambiguités, la discussion des cas non prévus, la distinction de la Jurisprudence moderne avec l'ancienne. Toutes ces connoissances ouvrent les portes de l'esprit, & seules elles peuvent lui donner un essor convenable.

## V I.

On néglige trop au Barreau l'étude des belles Lettres. Quoiqu'elles ne doivent pas faire l'occupation principale d'un Avocat ; les dédaigner, c'est vouloir s'hérisser d'une science sauvage & sans agrément. Un ruisseau qui coule parmi les fleurs, frappe plus agréablement la vûë, & produit plûtôt l'abondance, que celui qui roule ses eaux au travers des rochers ou d'un terrain pierreux.

## V I I.

L'expérience est considérable dans tous les Arts, elle attire même la confiance & le crédit ; mais si elle ne comprend qu'un certain genre d'affaires, elle n'est à l'égard de la science qui doit en embrasser plusieurs, que ce qu'une partie est au regard du tout. La premiere est à la portée des esprits médiocres ; la seconde n'est le partage que des esprits forts.

## VIII.

Avec quelque dignité que se montre l'expérience, elle reste souvent en défaut quand elle n'a pas la science pour compagne. Le Sçavant au contraire, sans beaucoup d'expérience, n'est jamais embarrassé de sa matiere. Si la premiere face qu'il y a donnée ne persuade point, il la présente sous une autre. Il la tourne, la remuë, & lui fait prendre une forme toute nouvelle. C'est un Peintre habile, qui d'un trait hardi donné à propos, corrige une difformité remarquable.

## I X.

La science traîne à sa suite l'amour & la bienveillance des sages, la reconnoiſſance & la gratitude de ceux qu'elle sert, la conſidération & le reſpect des ignorans même. L'Avocat peut-il s'élever de plus glorieux trophées?

## X.

Quiconque cherche dans ſes lumieres ſeules la déciſion du doute qu'on lui propoſe, est expoſé à ſe tromper, & à tromper celui qui le conſulte. Ce n'est

que dans un esprit mûr que la
science du Barreau peut asseoir
un jugement solide : encore la
faillibilité est-elle notre appanage.
Les plus habiles Pilotes perdent
quelquefois leur bouffole.

## X I.

La doctrine fans la politeffe
peut être comparée à un beau
marbre à demi travaillé. Elle
vaut toujours fon prix, mais il
doubleroit avec l'ufage du monde. Quelquefois même le fçavoir dépouillé des façons, fait
d'auffi grands fots que l'ignorance.

## X I I.

Le Barreau dégénere de fa premiere grandeur depuis qu'on ne
fe fait plus une idée convenable

de la science nécessaire pour y faire des progrès. Qu'un Avocat sçache trouver sa matiere, ou quelque chose d'approchant dans la Table des Loix, ou d'un Auteur & qu'il parle avec un certain feu, quoiqu'il donne des paradoxes pour maximes, le vulgaire en est d'abord la dupe, parce que l'apparence lui suffit. La réputation ne se soutient gueres dans cet état. Les yeux du Public se dessillent, l'Orateur devient à son tour dupe de lui-même.

## X I I I.

La science n'est pas exempte de préjugés; elle est exposée aux atteintes de l'opinion ainsi que l'ignorance. Si les Plaideurs pesoient murement cette vérité, ils se concilieroient plûtôt que de s'opiniâtrer dans une guerre dispendieuse.

## XIV.

On peut sçavoir beaucoup sans en tirer un grand profit. A moins d'une certaine méthode, la science se noye pour ainsi dire dans la science même. L'esprit n'est capable de retenir l'impression de plusieurs objets, qu'autant qu'il s'assujettit à un ordre qui les lui rappelle au besoin.

## XV.

Etre sçavant & ne se point communiquer, c'est vanité, misantropie, ou avarice. On péche contre le droit des gens en se refusant aux besoins mutuels de

la

la focieté. A peine fouffre-t-on
dans les Charlatans la difcrétion
qu'ils obfervent fur les fecrets de
leur Art. Un Avocat quoique
célébre ne mérite gueres les élo-
ges du Public, & n'eft point digne de ceux de fes Confreres,
quand il refufe de les éclairer de
fon fçavoir.

---

# CHAPITRE V.
## *De l'Eloquence.*

### I.

DE tout tems l'Eloquence a
été définie, l'art de plaire
& de perfuader ; mais il faut plaire
par un ftile noble, & non pas
effeminé, & l'on ne doit perfuader que par les impreffions de la
vérité. Toute autre Eloquence
eft un artifice condamnable.

D

## II.

L'Eloquence n'a pris naissance que dans la foiblesse des hommes. Dégagez de passions, la vérité simple & unie auroit eu assez de force sur eux sans le secours des ornemens : mais les préceptes qui condamnent leur conduite, les révoltent, à moins que la maniere de les leur présenter ne les flatte.

## III.

La chaire ne traite que des sujets grands, majestueux, & rarement controversez. L'Eloquence y exerce son empire avec autorité. L'ame se laisse aisément émouvoir quand on la transporte à la possession du souverain bien qui fait toute son espérance ; tandis que l'injustice des Plaideurs n'offre souvent qu'un champ de ronces & d'épines à défricher, dont l'aspect rebute le Spectateur & l'Ouvrier, c'est-à-dire, le Juge & l'Avocat.

## I V.

Si les faits sont froids & n'ont rien d'intéressant, l'Auditeur tombe dans une espece de langueur. Le plus tranquille est toujours assez vif pour s'impatienter contre un Orateur dont le discours n'est point varié : cependant les matieres doivent être diversement traitées. Il y auroit du ridicule de s'élever dans celles dont l'objet est peu important, ou qui se décident par des principes vulgaires, de même qu'il y en auroit à ramper dans celles de grande conséquence, ou qui renferment des questions publiques.

## V.

La vivacité de l'imagination, la variété des pensées qui font d'un grand prix en certains cas, sont des hors d'œuvres dans les affaires dont la décision dépend du seul récit du fait. Il n'appartient alors qu'à la mauvaise Cause d'employer des embelliﬀemens pour en cacher le fond. Cet art de surprendre ne doit point être reçu au Barreau.

## V I.

Une Loi qui défendroit, comme autrefois à Athenes & à Rome, de se servir d'aucune figure de Réthorique dans toutes sortes de Causes, révolteroit avec

raifon le Barreau moderne. Elle
feroit injurieufe aux Juges & aux
Avocats; aux Juges qu'elle fup-
poferoit affez peu éclairez pour
ne pouvoir point percer les nua-
ges & les finuofitez de l'artifice;
aux Avocats, qu'elle jugeroit ca-
pables de tendre des piéges à l'in-
tégrité des Juges : mais cette Loi
feroit-elle fi fort inutile à l'égard
des Caufes fommaires, où l'Eloquence eft d'autant plus dange-
reufe quand elle pallie les faits,
que fouvent le Juge n'a pas le
tems de démêler le vrai d'avec
le faux.

## V I I.

La raifon qui fait préférer les
Avocats fubtiles à ceux qui le
font moins, condamne les premiers. L'élégance, dit l'Orateur
Romain, confifte à parler jufte.

La subtilité soufferte dans les Ecoles pour former l'esprit & le jugement, est un pernicieux talent au Barreau. Connuë dans l'Orateur, elle dessert même la meilleure Cause.

## VIII.

L'action publique permet des figures, qui seroient souvent insipides sur le papier. Le stile grave, noble, mais simple, naturel, est celui dont on doit faire usage dans les Ecritures & les Factums. A quelques matieres près, qui ayant un principe d'enjouëment, semblent exiger de la gayeté dans la narration & dans les preuves; toutes autres excluent l'ironie, l'air badin, ce qui sent l'afféterie.

## I X.

Un air noble, un son de voix harmonieux, un geste libre & aisé, une déclamation soutenuë, sont d'un grand prix. Les moindres compositions en reçoivent un relief considérable. Ce ne sont-là toutefois que les secondes parties de l'Eloquence. Elles donnent même un ridicule quand on les employe à débiter des bagatelles. Les connoisseurs admirent moins l'Orateur que le Comédien dans cette espece d'Avocats.

## X.

La liaison exacte & méthodique de toutes les parties d'un discours porte aisément la conviction dans les esprits. Les transpositions ou les digressions dé-

tournent l'attention des Juges.
Un beau défordre ne convient
qu'à la récapitulation pour les
toucher, les émouvoir, & les
gagner. Il en eft du corps d'un
ouvrage fpirituel, comme du
corps matériel d'un bâtiment.
L'un & l'autre ne font parfaits
qu'autant que l'ordre & la diftri-
bution n'y choquent point,

## X I.

La briéveté fi néceffaire dans
toutes fortes d'Ecrits & de Plaidoyers, ne confifte pas dans le
retranchement des moyens, mais
dans celui des circonlocutions.
Il n'eft queftion que du choix
des termes, & d'un certain tour
qui ferre le ftile. Loin que les
penfées en foient énervées, elles
n'en font que plus lumineufes.

Pour que la prolixité ne jette pas dans l'ennui, il faut qu'elle foit rachetée par des traits bien vifs.

## X I I.

L'Orateur eft comme un Voyageur. L'exorde eft le plan de fon voyage, le récit eft le guide qui doit le conduire fûrement, la divifion fon premier gîte, les preuves font fon acheminement, l'épilogue eft l'itinéraire où il repaffe les lieux qu'il a traverfez & tout ce qu'il y a vû ; il lui en imprime le fouvenir & à ceux qui l'écoutent.

## X I I I.

L'exorde plaît volontiers ; mais fi il eft diffus ou fi il ne raffemble pas dans un point de vûë l'objet qu'on doit traiter , bien-tôt il impatiente & prévient contre l'Orateur.

## XIV.

La partie la plus essentielle du discours est la narration. La véritable Eloquence veut qu'elle soit unie, dégagée de réfléxions. Le fait doit les inspirer de luimême. C'est craindre pour sa Cause que de l'embellir avant que de l'établir.

## XV.

La division répand une clarté infinie sur tout un Plaidoyer. Elle recueille les questions qui naissent des faits, elle soulage le Juge, elle instruit l'Auditeur, & le tire d'un cahos où il n'auroit rien apperçû : mais elle exige de la justesse & de la précision. Elle doit rappeller en un mot toutes les idées du fait qui l'a précédée.

## XVI.

Les preuves manquent de force quand elles ne sont point appuyées par les Loix. Elles déplaisent quand elles ne se montrent qu'avec les Loix seules & les Citations. C'est être peu disert que de s'asservir aux pensées d'autrui jusqu'à négliger les siennes. Le raisonnement puisé dans la nature de la matiere, échauffe & vivifie les preuves. Il est donc nécessaire d'en faire le mêlange, quelquefois même de s'approprier la Loi, soit qu'on la prévienne, ou qu'on la repête.

## XVII.

L'Epilogue est redondante aux Plaidoyers sommaires, comme elle est nécessaire aux Plaidoyers d'une certaine étenduë. Elle paſſe pour redite, & cauſe de l'ennui dans les premiers, elle rafraîchit la mémoire dans les ſeconds. Souvent même elle inſtruit de ce qu'on n'a pas compris. Un inſtant de cette diſſipation, à laquelle on ſe livre aiſément dans les grandes Cauſes , peut faire échaper au Juge la raiſon déciſive.

## XVIII.

Les Cauſes célebres ſont ſuſceptibles de courts épiſodes, de grandes expreſſions , de belles images, de riches comparaiſons, de tout ce qu'une imagination vive & ornée peut produire, mais il n'en faut pas être prodigue. Le ſel doit être diſpenſé dans les diſcours publics de même que dans les ragoûts; le trop, ou le trop peu les gâte.

# CHAPITRE VI.
## ET DERNIER.

*De l'Air, de la Mémoire, de la Prononciation, du Geſte & de la Voix.*

### I.

IL eſt rare de trouver dans un même ſujet une figure prévenante, une mémoire facile, une prononciation exacte, un ſon de voix gracieux, un geſte libre & naturel. Tel eſt doué de l'un de ces avantages, qui manque de tous les autres. Tel eſt partagé de pluſieurs qui n'a pas le plus eſſentiel. C'eſt ainſi que la nature ſe jouë de tous les hommes. Il ſemble qu'elle ne leur diſtribuë ſes faveurs avec épargne, que pour en faire mieux connoître le prix & l'excellence quand elle les a raſſemblées dans un ſeul.

## I I.

Si l'Avocat n'a pas l'air naturellement noble & d'une certaine gravité, il peut compoſer ſon extérieur & le rendre ſupportable, ſans affeƈtation. Une contenance aſſurée, mais modeſte, déſigne un eſprit mûr & raſſis. Une poſture bizarre annonce toujours un Orateur inquiet, embarraſſé de ſon diſcours.

## I I I.

La décence conſiſte principalement dans les divers mouvemens de la vûë. Ce ſens doit agir ſelon les paſſions qu'on exprime. Si l'on veut inſpirer la compaffion, il importe de menager le feu & l'activité de fes yeux. Quand il s'agit d'exciter à l'indignation, il faut les conduire avec une vivacité, qui cependant ne tienne point de l'emportement. La colere trouble la férénité de l'ame, & produit ordinairement des abfurditez, ou des puérilitez.

## I V.

Interrompre fon adverfaire, c'eft violer le privilége refpectable de quiconque a la parole, fe montrer peu capable d'une réponfe méthodique, marquer la défiance qu'on a de fa mémoire, & commettre une irrévérence envers le Juge.

## V.

La parole ne doit jamais s'adreſſer qu'à celui qui préſide. Rien de ſi indécent que de promener ſes regards par tout un Auditoire. Ne les point fixer, c'eſt marquer une diſtraction continuelle, ou montrer un fond d'amour propre.

## V I.

La propreté eſt une vertu qui n'eſt pas moins néceſſaire que la contenance. Un air mauſſade & négligé prévient mal l'Auditeur.

## V I I.

Les ris, ſoit en plaidant ſoi-même, ſoit en écoutant ſon Adverſaire, ſont une preuve de ſuffiſance. Si le ris eſt continuel, c'eſt
ſtupidité

ſtupidité. Un viſage tranquile
impoſe davantage.

## V I I I.

L'application de la vûë ſur le
papier emporte toute la grace &
éteint tout le feu de la déclamation. Il eſt honteux, aux jeunes
gens ſur tout, de ne point exercer leur mémoire. Cependant
comme elle fait plus ſouffrir
quand elle eſt labile, qu'elle ne
donneroit de répugnance à voir
lire, alors la lecture eſt préfera-
ble. Il eſt ridicule de vouloir
faire montre d'un talent qu'on
n'a pas. L'impreſſion du travers
qu'on ſe donne en reſtant court,
ou en dérangeant l'ordre de ſes
preuves, s'efface difficilement.

E

## I X.

Si le jugement ne dirige pas la mémoire, elle est sujette à manquer. Il suffit qu'on affectionne des expressions étudiées pour que la mémoire les échappe & qu'elle se trouble. L'esprit qui possede sa matiere vient vîte au secours d'une mauvaise mémoire & la tire d'embarras. Quiconque lui veut imposer une certaine contrainte, fait des chûtes dont il ne se releve qu'avec peine.

## X.

La méthode de ne plaider que de mémoire a ses inconvéniens dans ceux même qui en ont le plus. Si l'esprit est soulagé dans le Plaidoyer, il est souvent embarrassé dans la réplique. L'Avocat accoutumé à ne parler qu'avec préparation, se trouve dans une grande agitation quand il faut enfanter sur le champ. Le plus sûr est de se remplir de son objet. La mémoire obéit alors au jugement.

## X I.

Un Plaidoyer sommaire doit plûtôt partir de la fécondité du génie que d'un travail trop marqué. La mémoire perd aussi de ses graces dans l'affectation. Rien n'est si scholastique que de l'assujettir à la citation des titres, des nombres, des paragraphes, &c. Avec quelque facilité qu'elle y réüssisse, on ne lui tient point compte de cette exactitude fervile. Elle défigne même un efprit borné quand elle fe fait trop remarquer.

## X I I.

La prononciation eft une partie eſſentielle de la déclamation. La Langue Françoiſe a ſes longues & ſes bréves, ainſi que la Langue Latine. Tout dépend dans l'uſage de certaines infléxions; mais on ne s'en inſtruit gueres que dans le commerce des plus habilesMaîtres de l'éloquence.

## X I I I.

L'obſervation des tems, la liaiſon des conſonnes aux voyelles, l'articulation exacte, la correction des accens de ſa Province, toutes les délicateffes de la Langue font autant de régles qu'impofe la belle déclamation. Combien en eft-il qui les mettent en ufage?

## X I V.

Le Théâtre eft fufceptible de grands mouvemens ; la Chaire en admet d'approchans ; mais le gefte veut être fimple au Barreau. Rien n'y choque tant que l'agitation du corps & des bras. La voix, les yeux & la main doivent y former l'action.

## X V.

Ce n'eft point un don commun à tous les hommes qu'une voix mâle & fonore. Il eft des voix caffes, des voix brufques, des voix grêles, & des voix glapiſſantes : mais il eſt facile d'en corriger le déſagrement par les variations qu'on peut leur prêter. La nature eſt une bonne mere. Si elle ne nous donne pas toujours le moyen de détruire nos défauts, elle nous laiſſe au moins le pouvoir de les adoucir. La voix eſt comme un flambeau, qu'un certain ſouffle éteint, qu'un autre ſouffle rallume auſſi-tôt.

## X V I.

La monotonie ſeule eſt inſupportable Elle exprime les paſſions les plus oppoſées entr'elles avec un flegme égal. L'Auditeur qui veut qu'on les remuë, ſouffre dans un récit languiſſant. L'uniformité le laſſe & l'impatiente.

## XVII.

On s'imagine que pour parler en public, il est néceſſaire d'emprunter une voix differente de la ſienne. C'eſt une erreur qui ſubſtitue ſouvent un ton déſagréable à une voix gracieuſe. Les ſons ordinaires ſont ceux qu'on doit pouſſer ſelon l'étenduë du lieu où l'on parle. La charge de toute arme à feu a ſa meſure. Plus forte elle ne donneroit pas une plus longue portée.

## XVIII.

L'éxorde n'éxige point un ton de voix haut & élevé, mais en même tems il ne veut pas qu'il ſoit trop bas & trop adouci. On ne parle que pour ſe faire entendre. Quoi de plus bizarre que d'abaisser sa voix au commencement d'un discours, & de se servir un moment après de tout le vent de ses poulmons pour parler à perte d'haleine !

## XIX. *& dernier.*

La voix, le geste, les yeux font l'ame de la déclamation. En les faisant agir ensemble à propos, l'Orateur intéresse ses Juges ; il se les unit. S'il manque de la moindre partie de l'art déclamatoire, un fantasque lui fait son procés, & quelquefois accrédite sa critique. Que de graces, que de talens sont nécessaires à l'Avocat ! Toutefois ne nous effrayons pas. Quelque forte que soit l'influence d'une mauvaise étoile, on peut la vaincre. *Sapiens dominabitur astris.*    F I N.